藤原健次郎さん

絵
水船《みずふね》　峰子《みねこ》氏
（京都在住）

目次

表紙撮影　○○○○氏

「遂に　カンパネルラが」

明治四十二年四月　賢治さん　盛岡中学に入学　十三才

家業《かぎょう》の跡《あと》とりにさせる積《つ》もりでいた父親《ちちおや》は、進学《しんがく》の意思《いし》の強《つよ》い賢治《けんじ》さんに、週末《しゅうまつ》にも花巻《はなまき》に帰《かえ》らず中学《ちゅうがく》の寄宿舎《きしゅくしゃ》で勉強《べんきょう》するように約束《やくそく》させた。

寄宿舎《きしゅくしゃ》では、ランプの手《て》入《い》れが新入生《しんにゅうせい》の日課《にっか》だったが、その指導《しどう》に当《あ》たったのが同室《どうしつ》で一年先輩《いちねんせんぱい》の藤原健次郎《ふじわらけんじろう》さんだった。

初《はじ》めての寮生活《りょうせいかつ》で心細《こころぼそ》かった事《こと》だろうが、穏《おだ》やかで、心優《こころやさ》しい健次郎《けんじろう》さんとランプの手《て》入《い》れをしながら話《はな》し合《あ》ううちに、すっかりうちとけて、長男《ちょうなん》の賢治《けんじ》さんは兄《あに》のように慕《した》うようになったのではないだろうか。

週末《しゅうまつ》には、盛岡《もりおか》からＪＲで南《みなみ》へ三《み》つ目《め》の矢巾《やはば》にある健次郎《けんじろう》さんの家《いえ》に招《まね》かれるようになり、南昌山《なんしょうざん》（八四八《はっぴゃくよんじゅうはち》メートル）や、麓《ふもと》の河原《かわら》で石《いし》っこ賢《けん》さんの大好《だいす》きな珍《めずら》しい石《いし》を集《あつ》めたり、健次郎《けんじろう》さんの友達等《ともだちら》とも走《はし》り廻《まわ》り、自然《しぜん》を感《かん》じ、友情《ゆうじょう》を深《ふか》めていったのだろう。

ランプの手入れ

明治四十三年　夏　賢治さん　十四才

夏休《なつやす》みに、県内外《けんないがい》の中学校間《ちゅうがっこうかん》で野球《やきゅう》の対抗試合《たいこうじあい》が催《もよお》され、健次郎《けんじろう》さんは野球部員《やきゅうぶいん》ではなかったのだが、才能《さいのう》をかわれて選手《せんしゅ》に加《くわ》わり忙《いそが》しくなっていった。

八月十六日《はちがつじゅうろくにち》、秋田県《あきたけん》での対抗試合《たいこうじあい》を済《す》ませた後《あと》、三日間《みっかかん》、降《ふ》り注《そそ》ぐ雨《あめ》の中《なか》を下級生《かきゅうせい》の重《おも》い道具《どうぐ》をかついで歩《ある》き通《とお》し、岩手県《いわてけん》に戻《もど》ってすぐ一試合《いっしあい》をこなして帰宅《きたく》と同時《どうじ》に倒《たお》れこんでしまった。腸《ちょう》チフスとの診断《しんだん》だった。

一方《いっぽう》、何《なに》も知《し》らない賢治《けんじ》さんは、数年前《すうねんまえ》から夏休《なつやす》みに一週間程催《いっしゅうかんほどもよお》されていた、花巻仏教会講習会《はなまきぶっきょうかいこうしゅうかい》に参加《さんか》する為《ため》、花巻郊外《はなまきこうがい》の大沢温泉《おおさわおんせん》に滞在《たいざい》していた。そこでかなり悪質《あくしつ》ないたづら騒《さわ》ぎを起《お》こし、その一部始終《いちぶしじゅう》を手紙《てがみ》に書《か》いて、しばらく遊《あそ》んでいない健次郎《けんじろう》さんに送《おく》った。健次郎《けんじろう》さんからは何《なに》の反応《はんのう》もなく、かなり焦燥感《しょうそうかん》にかられた夏休《なつやす》み残《のこ》りの数日間《すうじつかん》だったのだろう。

新学期《しんがっき》の学校《がっこう》で、先生《せんせい》から思《おも》いもかけない健次郎《けんじろう》さんの事態《じたい》を聞《き》き、驚《おどろ》きと同時《どうじ》に全《すべ》ての謎《なぞ》が解《と》けた事《こと》だろう。

賢治《けんじ》さんは九月十九日《くがつじゅうくにち》に健次郎《けんじろう》さんに手紙《てがみ》を書《か》いているが、おそらく激励《げきれい》の文字《もじ》で溢《あふ》れていたのだと思《おも》う。

しかし、志《こころざ》しの高《たか》い十五才《じゅうごさい》の少年《しょうねん》は、皆《みな》の願《ねが》いも届《とど》かず、あっけなく亡《な》くなってしまった。

スポーツで鍛《きた》えた立派《りっぱ》な身体《しんたい》、整《ととの》った容姿《ようし》、立場《たちば》の弱《よわ》い者《もの》への思《おも》いやり、穏《おだ》やかでおおらかな性格《せいかく》から皆《みな》に愛《あい》され、残《のこ》された者達《ものたち》に幸《しあ》わせの思《おも》い出《で》だけを残《のこ》して…。

＊ ＊ ＊ ＊ ＊ ＊

私《わたし》は盛岡《もりおか》の駅《えき》に到着《とうちゃく》すると、まず、構内《こうない》の書店《しょてん》に飛《と》び込《こ》みます。賢治《けんじ》さん本《ぼん》（花巻《はなまき》の人々《ひとびと》と交流《こうりゅう》するうちに、呼《よ》びすてにはできなくなりました）が見《み》つかるからです。教師時代《きょうしじだい》、羅須地人協会《らすちじんきょうかい》の前期《ぜんき》、後期等《こうきなど》、交流《こうりゅう》のあった縁《ゆか》りの人々《ひとびと》が書《か》いた本《ほん》は、生活者賢治《せいかつしゃけんじ》さんの息《いき》づかいが伝《つた》わってくるようで、さすが御当地《ごとうち》ならではの魅力《みりょく》です。

そして数年前《すうねんまえ》に、松本隆《まつもとたかし》さん著作《ちょさく》の前記《ぜんき》の二冊《にさつ》の本《ほん》に出逢《であ》ったのです。

私《わたし》は賢治《けんじ》さんの作品《さくひん》を読《よ》み始《はじ》めて六十数年《ろくじゅうすうねん》、大《おお》きな疑問《ぎもん》を二《ふた》つ持《も》ち続《つづ》けていました。

その一《ひと》つは、カンパネルラは誰《だれ》れかモデルがいたのかということです。あれこれ考《かんが》えた末《すえ》、賢治《けんじ》さんが小学生時代《しょうがくせいじだい》に、花巻《はなまき》で二人《ふたり》の男子児童《だんしじどう》が水死《すいし》した事故《じこ》を元《もと》に、そして舞台《ぶたい》は、教師時代《きょうしじだい》に訪《おとず》れた樺太《からふと》の、小高《こだか》い丘《おか》を背負《せお》った港街《みなとまち》（ジョバンニの父親《ちちおや》の職業《しょくぎょう》を遠洋漁業《えんようぎょぎょう》の船員《せんいん》として）での物語《ものがた》りとして落《お》つかせていましたので、ＪＲからいつも見《み》ていた、突《とが》って高《たか》い南昌山《なんしょうざん》が舞台《ぶたい》とは考《かんが》えられませんでしたが、バラバラと読《よ》んでみますとジャーナリストの目線《めせん》で書《か》かれていましたので、興味《きょうみ》がわいてきました。

藤原健次郎《ふじわらけんじろう》さんは中学時代《ちゅうがくじだい》の友人《ゆうじん》で、童話《どうわ》のモデルにもなっているという事《こと》はよく知《し》られているのですが、松本《まつもと》さんが彼《かれ》の実家《じっか》を訪《おとず》れて話《はなし》を聞《き》いている時《とき》に、あの宮沢賢治《みやざわけんじ》が週末《しゅうまつ》に、よく泊《とま》りがけで遊《あそ》びに来《き》ていたと聞《き》かされた時《とき》の衝撃《しょうげき》はどんなだったでしょう。

実家《じっか》の方《ほう》も、同《おな》じ矢巾《やはば》の人《ひと》という気安《きやす》さから、自慢《じまん》でも何《なに》でもなく気楽《きらく》に話《はな》されたのでしょう。

私《わたし》も、ここでカンパネルラと確信《かくしん》しました。一度《いちど》や二度《にど》ならともかく、賢治《けんじ》さんは招《まね》かれたからといって「これは結構《けっこう》な御馳走《ごちそう》ですな」なんてズカズカ上《あ》がり込《こ》んでいくような性格《せいかく》ではないでしょう。度々招《たびたびまね》かれていたという事《こと》は、家族《かぞく》の人々《ひとびと》にも好感《こうかん》を持《も》たれていたのだと思《おも》います。

そして賢治《けんじ》さんも、明《あか》るくて愛情《あいじょう》に溢《あふ》れた雰囲気《ふんいき》にどんどんひかれていったのでしょう。健次郎《けんじろう》さんの遺品《いひん》が、その友人《ゆうじん》の品《しな》も含《ふく》めて永《なが》い間《あいだ》保管《ほかん》されていた事実《じじつ》からも、家風《かふう》がしのばれます。

健次郎《けんじろう》さんの友人等《ゆうじんら》とも、矢巾《やはば》の野山《のやま》を探索《たんさく》したり、自然観察《しぜんかんさつ》をしたり、遊《あそ》びの相乗効果《そうじょうこうか》で楽《たの》しさは果《は》てがありません。

賢治《けんじ》さんの童話《どうわ》は、ふくろうを始《はじ》め様々《さまざま》な動植物《どうしょくぶつ》が登場《とうじょう》するのが大《おお》きな魅力《みりょく》ですが幼《おさな》い頃《ころ》から優《すぐ》れた観察少年《かんさつしょうねん》だった賢治《けんじ》さんは、平《ひら》の一年坊主《いちねんぼうず》から同等《どうとう》になり、やがて豆博士《まめはかせ》として昇格《しょうかく》していったのでしょう。

南昌山《なんしょうざん》で、星《ほし》の観察《かんさつ》をして来《き》た夜《よる》は、家《いえ》の中《なか》で一《ひと》つだけランプが灯《とも》って、人《ひと》が皆各々《みなそれぞれ》にくつろいでいる居間《いま》の片隅《かたすみ》で、天体図鑑《てんたいずかん》を覗《のぞ》きこんで、星《ほし》の名前《なまえ》を確《たし》かめ合《あ》ったりしている二人《ふたり》の様子《ようす》を見《み》て父親《ちちおや》は、他人《たにん》の子供《こども》を預《あず》かる覚悟《かくご》を、改《あらた》めて固《かた》めたのではないでしょうか。賢治《けんじ》さんは、大人《おとな》になるに従《したが》って、その冷静《れいせい》さと度量《どりょう》の大《おお》きさを認識《にんしき》し、カンパネルラの父親《ちちおや》である博士《はかせ》の人物像《じんぶつぞう》に、投影《とうえい》したのではないかと思《おも》います。

二《ふた》つ目《め》の疑問《ぎもん》は、賢治《けんじ》さんが十四才《じゅうよんさい》の夏休《なつやす》みに、大沢温泉《おおさわおんせん》で何故《なぜ》、いたづら騒《さわ》ぎを起《お》こしたのかという点《てん》です。

松本《まつもと》さんの本《ほん》で、藤原健次郎《ふじわらけんじろう》さん宛《あて》の手紙《てがみ》の全文《ぜんぶん》を読《よ》み、ほぼ謎《なぞ》が解《と》けました。

その内容《ないよう》は、先輩《せんぱい》に書《か》いたとは思《おも》えないような、あだ名《な》を呼《よ》びすてにし

南昌山のふもとで

て書《か》き始《はじ》め、からかい気味《ぎみ》に近況《きんきょう》を尋《たず》ね、早々《そうそう》に事件《じけん》の一部始終《いちぶしじゅう》を、ゴロツキのような口調《くちょう》でクドクドと説明《せつめい》しているのです。

熱湯《ねっとう》と水《みず》を調節《ちょうせつ》し、適温《てきおん》にしているバルブを操作《そうさ》して、旅館中《りょかんじゅう》の浴槽《よくそう》に大量《たいりょう》の水《みず》を放流《ほうりゅう》し、大風呂《おおぶろ》も、混浴風呂《こんよくぶろ》も、ハイカラモンの風呂《ふろ》も水《みず》があふれて、カエルの死骸《しがい》や蛇《へび》の抜殻《ぬけがら》まで流《なが》れ込《こ》み、宿《やど》の人間《にんげん》はあたふたと走《はし》り廻《まわ》るわ、巡査《じゅんさ》は登場《とうじょう》するわ、まるでドタバタ喜劇《きげき》のようです。

自分《じぶん》も大人《おとな》しくしているだけではなく、大《おお》きな仕事《しごと》をしてやったよ、ワイルドだろう？　とまるで自慢気《じまんげ》です。

参加《さんか》していた、花巻仏教会講習会《はなまきぶっきょうかいこうしゅうかい》では、講師《こうし》の手伝《てつだ》いの役《やく》をしていましたのに、会《かい》の関係者《かんけいしゃ》であった父親《ちちおや》も、従兄弟達《いとこたち》も不参加《ふさんか》の日《ひ》に事《こと》を起《お》こしているのですから念《ねん》が入《い》っています。

手紙《てがみ》の中《なか》に二人《ふたり》の個人名《こじんめい》と、健次郎《けんじろう》さんも自分《じぶん》も犠牲《ぎせい》云々《うんぬん》とありますが、これ以上《いじょう》の不確《ふたし》かな言及《げんきゅう》は避《さ》ける事《こと》にします。

二月期《にがっき》は、行動《こうどう》も勉強《べんきょう》も自分《じぶん》の思《おも》うように生《い》きる。と宣言《せんげん》し成績《せいせき》はガタ落《お》ちです。

天体図鑑で復習

無邪気《むじゃき》だった少年《しょうねん》の心《こころ》に棲《す》みついた怒《いか》りと云《い》う嫌《いや》なヤツは、環境《かんきょう》が変《かわ》る中学校卒業迄《ちゅうがっこうそつぎょうまで》出《で》ていくことはなかったのです。

いたづらをした後味《あとあじ》の悪《わる》さと、友《とも》からの返事《へんじ》の手紙《てがみ》もなく、居心地《いごこち》の悪《わる》い数日間《すうじつかん》でした。健次郎《けんじろう》さんの発病《はつびょう》を知《し》ったのは、遅《おそ》くとも新学期《しんがっき》の学校《がっこう》でしょう。

情報《じょうほう》の把握《はあく》に不自由《ふじゆう》な当時《とうじ》の環境《かんきょう》の中《なか》、賢治《けんじ》さんは、一人《ひとり》ひたすら快復《かいふく》を祈《いの》っていたのでしょう。

「銀河鉄道《ぎんがてつどう》の夜《よる》」の中《なか》で、ジョバンニに繰《く》り返《かえ》し言《い》わせている「ぼく達《たち》、どこまでも一緒《いっしょ》に行《い》こう」という少《すこ》し幼《おさな》さが残《のこ》る台詞《せりふ》は、この緊迫《きんぱく》した時期《じき》から十五年位《じゅうごねんくらい》経《た》って、執筆《しっぴつ》を始《はじ》めた頃《ころ》になっても、不安《ふあん》に満《み》ちた記憶《きおく》が生々《なまなま》しく残《のこ》っていたのだと切《せつ》なくなります。

九月十九日付《くがつじゅうくにちづけ》の封筒《ふうとう》が、健次郎《けんじろう》さんの家《いえ》に現存《げんそん》していますが、こぼれ落《お》ちそうな大《おお》きな字《じ》で、きっと激励文《げきれいぶん》だったのでしょう。

そして、九月二十九日《くがつにじゅうくにち》、健次郎《けんじろう》さんは亡《な》くなってしまうのです。

ジョバンニは子供《こども》ながらも、一家《いっか》の主《あるじ》でしたから、忙《いそが》しい

隔離病棟は遠く

中《なか》、すぐに丘《おか》に駆《か》け上《のぼ》っていく事《こと》が出来《でき》たのでしょうけれど、賢治《けんじ》さんは爆発《ばくはつ》しそうな気持《きも》ちを押《お》し殺《ころ》し、土曜日《どようび》の午後《ごご》に南昌山《なんしょうざん》行《い》きを決行《けっこう》したのだと思《おも》います。足《あし》の速《はや》い賢治《けんじ》さんは、どの位《くらい》の時間《じかん》が掛《か》かったのでしょうか。

盛岡《もりおか》から、最短距離《さいたんきょり》をタクシーで走《はし》ってもらったのですが、連山《れんざん》の麓《ふもと》をまいて南昌山《なんしょうざん》を登《のぼ》り始《はじ》めますと、昨年《さくねん》（平成二十七年）は大崩落《だいほうらく》の改修《かいしゅう》工事《こうじ》で拒《こば》んでいた登山道《とざんどう》も、今回《こんかい》は「肩《かた》」迄登《までのぼ》ることができました。

岩鐘《がんしゅう》の　きわだちくらき　肩《かた》に来《き》て
夕《ゆうべ》の雲《くも》は　銀《ぎん》の挨拶《あいさつ》

詩《し》の中《なか》の「肩《かた》」とは何《なに》なのか、ながらく疑問《ぎもん》でしたが、現地《げんち》に立《た》って納得《なっとく》しました。

正《まさ》しく山々《やまやま》が肩《かた》を組《く》んでいる、その肩《かた》なのです。

「肩《かた》」に立《た》って見上《みあ》げますと、急勾配《きゅうこうばい》の階段《かいだん》が、登《のぼ》ってくるのは

「無理《むり》」と拒《こば》んでいるようです。

「肩《かた》」から少《すこ》し下《くだ》った南昌山神社《なんしょうざんじんじゃ》の裏手《うらて》の山肌《やまはだ》に、五《ご》、六段《ろくだん》の小《ちい》さな梯子《はしご》がふわっと立《た》てかけてあり、近《ちか》くの樹《き》の枝《えだ》に「近道《ちかみち》」と書《か》かれた札《ふだ》が、ぶら下《さ》がっていました。

急《いそ》いでいた賢治《けんじ》さんは、この道《みち》なき道《みち》を四《よ》つん這《ば》いになって登《のぼ》って行《い》ったのだと、その姿《すがた》が一瞬《いっしゅん》、脳裏《のうり》に浮《う》かびました。

十月《じゅうがつ》ですと、足袋《たび》を履《は》いていたでしょう。（当時《とうじ》の男子中学生《だんしちゅうがくせい》は、皆《みな》、黒《くろ》っぽい足袋《たび》を履《は》いていたようです）。下駄《げた》を懐《ふところ》に入《い》れて登《のぼ》り始《はじ》めますが、サルトリイバラの棘《とげ》で手《て》が傷《きず》だらけになり、下駄《げた》を手《て》に履《は》かせて登《のぼ》って行《い》ったのではないでしょうか。

健次郎《けんじろう》さんと登《のぼ》った頃《ころ》は、登山道《とざんどう》と近道《ちかみち》との時間差《じかんさ》を知《し》りたくて、山中《さんちゅう》に響《ひび》きわたるような大声《おおごえ》で叫《さけ》び合《あ》いながら競争《きょうそう》になり、山頂《さんちょう》で出逢《であ》うと何故《なぜ》かおかしくて、笑《わら》い転《ころ》げたこともあったでしょう。

今《いま》は暗《くら》くなりかけて、寝《ね》ぼけた鳥《とり》も虫《むし》もシンとした急斜面《きゅうしゃめん》を、登《のぼ》って行《い》く賢治《けんじ》さんは一人《ひとり》っきりです。

山頂《さんちょう》で倒《たお》れこんで、やっと緊張《きんちょう》から解放《かいほう》され、しみじみと親友《しんゆう》との別《わか》れの切《せつ》なさがこみ上《あ》げてくるのです。

いつもは、静寂《せいじゃく》だけの山頂《さんちょう》に、喉《のど》が張《は》りさけんばかりの絶叫《ぜっきょう》がひびいた事《こと》でしょう。

涙《なみだ》もかれて見上《みあ》げると、どーんと横《よこ》たわった銀河《ぎんが》のまわりに、二人《ふたり》で捜《さが》し合《あ》った星々《ほしぼし》が、何事《なにごと》もなかったように、チカチカとまたたくばかりです。

ひとり南昌山へ

あとがき

松本隆様《まつもとたかしさま》の、出版迄《しゅっぱんまで》の御苦労《ごくろう》を想像《そうぞう》するだけで頭《あたま》がさがります。調査《ちょうさ》、取材《しゅざい》、確認《かくにん》、執筆《しっぴつ》と気《き》の休《やす》まる日《ひ》はなかった事《こと》でしょう。

お陰様《かげさま》で、極上《ごくじょう》の宝石《ほうせき》のような少年《しょうねん》との友情《ゆうじょう》と突然《とつぜん》の別《わか》れが、美《うつく》しく哀《かな》しい物語《ものがたり》を誕生《たんじょう》させた原点《げんてん》が見《み》えてきました。

ありがとうございました。

「銀河鉄道の夜」幻想

それはいつかカンパネルラのお父《とう》さんの博士《はかせ》のうちでカンパネルラといっしょに読《よ》んだ雑誌《ざっし》のなかにあったのだ。それどころでなくカンパネルラは、その雑誌《ざっし》を読《よ》むと、すぐお父《とう》さんの書斎《しょさい》から巨《おお》きな本《ほん》を持《も》ってきて、ぎんがというところをひろげ、まっ黒《くろ》な頁《ページ》いっぱいに白《しろ》い点々《てんてん》のある美《うつく》しい写真《しゃしん》を二人《ふたり》でいつまでも見《み》たのでした。

「これだけ拾《ひろ》っていけるかね。」といいながら、一枚《いちまい》の紙切《かみき》れを渡《わた》しました。ジョバンニはその人《ひと》の卓子《テーブル》の足《あし》もとから一《ひと》つの小《ちい》さな平《ひら》たい函《はこ》をとりだして向《む》こうの電燈《でんとう》のたくさんついた、たてかけのある壁《かべ》の隅《すみ》の所《ところ》へしゃがみ込《こ》むと小《ちい》さなピンセットでまるで粟粒《あわつぶ》ぐらいの活字《かつじ》を次《つぎ》から次《つぎ》と拾《ひろ》いはじめました。

「ジョバンニ、ラッコの上着《うわぎ》が来るよ。」さっきのザネリがまた叫《さけ》びました。

「ジョバンニ、ラッコの上着《うわぎ》が来るよ。」すぐみんなが続《つづ》いて叫《さけ》びました。

ジョバンニはまっ赤《か》になって、もう歩《ある》いているかもわからず、急《いそ》いで行《い》きすぎようとしました。そのなかにカンパネルラがいたのです。

カンパネルラは気《き》の毒《どく》そうに、だまって少《すこ》しわらって、怒《おこ》らないだろうかというようにジョバンニを見《み》ていました。

まっ黒《くろ》な、松《まつ》や楢《なら》の林《はやし》を越《こ》えると、にわかにがらんと空《そら》がひらけて、天《あま》の川《がわ》がしらしらと南《みなみ》から北《きた》へ亘《わた》っているのが見《み》え、また頂《いただき》の、天気輪《てんきりん》の柱《はしら》も見《み》わけられたのでした。

つりがねそうか野《の》ぎくかの花《はな》が、そこらいちめんに、夢《ゆめ》の中《なか》からでも薫《かお》りだしたというように咲《さ》き、鳥《とり》が一疋《いっぴき》、丘《おか》の上《うえ》を鳴《な》き続《つづ》けながら通《とお》って行《い》きました。

ごとごとごとごとごと、その小《ちい》さなきれいな汽車《きしゃ》は、そらのすすきの風《かぜ》にひるがえる中《なか》を、天《あま》の川《がわ》や、三角点《さんかくてん》の青白《あおじろ》い微光《びこう》の中《なか》を、どこまでもどこまでもと、走《はし》っていくのでした。

「あ孔雀《くじゃく》がいるよ。」

「ええたくさんいたわ。」女《おんな》の子《こ》がこたえました。

ジョバンニはその小《ちい》さく小《ちい》さくなっていまはもう一《ひと》つの緑《みどり》いろの貝《かい》ぼたんのように見《み》える森《もり》の上《うえ》にさっさっと青白《あおじろ》く時々《ときどき》光《ひか》ってその孔雀《くじゃく》がはねをひろげたりとじたりする光《ひかり》の反射《はんしゃ》を見《み》ました。

「あなたはジョバンニさんでしたね。どうも今晩《こんばん》はありがとう。」と叮《てい》ねいにいいました。

ジョバンニは何《なに》もいえずただおじぎをしました。

「あなたのお父《とう》さんはもう帰《かえ》っていますか。」博士《はかせ》は堅《かた》く時計《とけい》を握《にぎ》ったまま又《また》聞《き》きしました。